EN MANOS DEL POETA

ISBN papel: 978-1-71678-656-3

 *César del Rosal Rubio, nacido en Murcia en 1977, aficionado compositor musical, escritor de relatos cortos y poesía.*

A mis padres, solo ellos han

sufrido mis tormentos

y a ti Costanza,

mi norte en las tormentas.

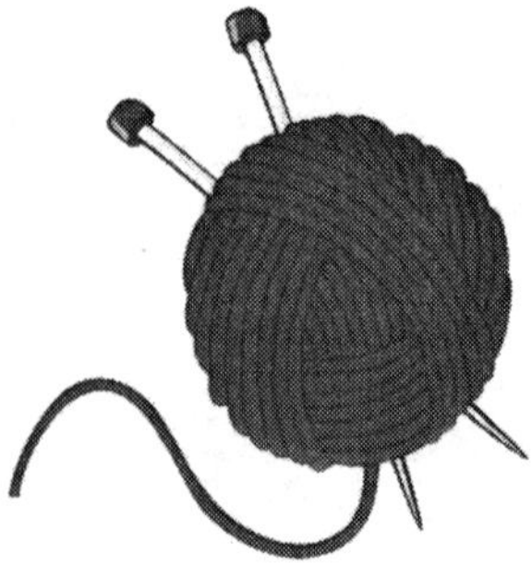

Índice

"Ese será el verso

Por el que medirás a los demás

El resto de tu vida."

CÉSAR DEL ROSAL RUBIO

EN MANOS DEL POETA

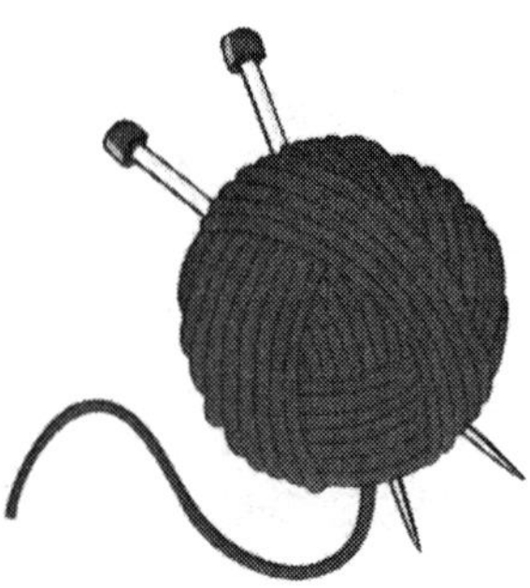

El hombre estaba inquieto y no sabía por qué, llegó un día a su casa y encontró a su mujer delante del castillo de costura, había madejas de distintos colores, cogió unas cuantas hebras, las encerró en su puño, lo abrió y salió de su mano un grupo de mariposas de colores, luego las fue cogiendo cuidadosamente y las encerró en el cuenco de su mano y al abrir la mano allí estaban definitivamente las madejas.

“En manos del poeta
viste transformar
mariposas de colores
en madejas
En manos del poeta
viste cantar las estrellas
a los náufragos
de las letras
En manos del poeta
las miradas se besan
cuando corazones temblorosos
se incendian.

Las manos del poeta
abren ventanas
tornado de tinta
en una bocanada
mirada radiante
de ideas paganas
miradas furtivas
con polvo de hadas.

En manos del poeta
viste a las musas saludar
a los mares y a la distancia
En manos del poeta
viste al niño rescatar
al hombre perdido en su arrogancia
En manos del poeta
viste las palabras abandonadas
ser amparadas, protegidas,
salvadas.

Sin consumirse por el ruido
el poderoso y el vagabundo
abrazan las madejas
en un cruce de caminos
los corazones temblorosos
que sostiene el poeta
derroca gobiernos
cuerdo entre los necios
ciego de locura inquieta".

"El verso robado

Es siempre el más dulce."

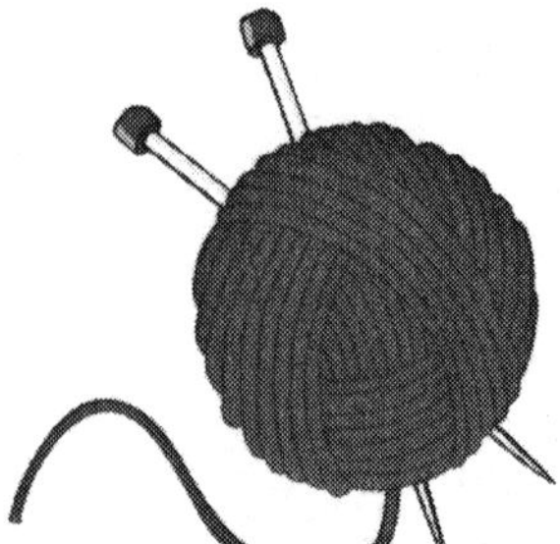

"Nos quedan madejas por vivir
Días perdidos
Indecente sacrilegio
De profecías por cumplir
Nos quedan madejas que combatir
La luna golpeando estrellas
Astros eternos
Nos hacían soñar
Nos hacían sentir
Nos quedan madejas que elegir
Celebraciones escritas
Lazos de seda
Que nos separa y une sin fin"

"Son un regalo

Mis fuerzas son un regalo

Resistencia maltrecha

Son los abrazos que reparto

quédate

Vuelve a decirme

Lo decepcionante que es

Perderme por rincones

Oscuros rincones de mi mente

Y no saber por qué"

"Tu rostro pálido

Entre leche y hiel

Azúcar de caña

Suave piel

Es el pelo que enreda mis pensamientos

Madejas de sangre, piedad, fe

Ojos verdes

De mirada fiel

Enjambre en la colmena

Elixir de miel"

"Soy brisa

Descansa tu espalda en la mía

Tengo tu sonrisa entre algodón

Flota en el aire cada día

Como bruma densa

Que canta serena su canción

Quedan manos entrelazadas

Un mundo a desnivel

Donde surge la negación

Asoman los sueños

Certezas gastadas

Piel en erosión"

“Verbo, adjetivo y predicado

Las mariposas agitan la inspiración

Madejas de espinas que a todos asustan

Se repite la oración

Se enredan en la maraña de palabras

El recuerdo de viajes

Colores, vientos, aroma a rebelión

Mientras los ángeles vuelan

Juegan con sus alas a tapar el sol”

"Exiliados

No nos dejaron elegir la tierra prometida

No queda claro el lado que elegí

La voluntad fue retorcida

Violada

Quebrantada

Hasta el último intento

Fuimos cegados

Por monedas de barro

Rincón lúgubre para vivir"

"Tu primer verso es el golpe del destino."

"Mesa de abundancias

Infinita penitencia

Mundo contemplativo

Madejas sin reservas

Me abruman los aromas

Del hogar al amanecer

Abrazos sin medida

Sedientos

Muertos de sed

Regalo de la creación

Bendición profética

El viaje al inicio

Una realidad Poética"

"Salimos airosos

No hubo daños colaterales

Ni bajas

Ni tempestades

Doble salto mortal

El corazón en pie renace

Imposible pirueta

Catástrofes naturales

Luz que nos ciega

Nos ilumina y nos muestra

Resplandecientes y fugaces"

"Invisible

Me vuelvo invisible cuando te vas

Estudio mis posibilidades

Mi torpeza a renunciar

Mariposas inertes

Retan desafiantes

Volver a comenzar

Me esperas de nuevo

No hay reproches

Me vuelvo a bloquear

Tu seguridad por mi

Espera el amanecer

A orillas del mar"

“La euforia inconsciente

Deja ir la motivación

Desgárrame

No quedan cerraduras

Vértices de inclusión

Las llaves de barro

Se convierten en polvo

Dorada madeja de algodón

El perdón es redención

Y la calma se convierte

En un juguete para la razón”

"El poeta cesó

Cada latido

Es una poesía, una canción

Un juego retorcido

Guiados a una nueva estación

Evasión, perdida, contradicción

Lanzamos los dados

Todo está dispuesto

El espectáculo acabó

Los aplausos resuenan

Bajamos el telón

Nos miramos asustados

Como actores perdidos

Sin ensayos de guion"

"Mariposas que transiten sabor

Corazones temblorosos

Sincronizados a la vez

Como una sola voz

Precipitados al vacío

Una y otra vez

Reinvento las palabras

Pinceladas de pintor

Escondidas bajo las alas

Rescatadas

liberadas

En un susurro revelador".

"Te vuelves arte

No evitas mostrar

La corriente que inspira

La escena final

Todo se acelera

Nada parece real

La inesperada repetición

De actores soberbios

Predecibles se precipitan

A su última actuación

Nos hace parar

Caen las máscaras inertes

Y nos volvemos a encontrar"

"La mente es un sucio lugar
Instinto oculto de represión
Partida incompleta sin manual
En un nivel inferior
Esperamos la señal
Nos elevamos
El agua al cuello
Nos falta aire para respirar
Esperar nos cambia
Nos hace actuar"

“Es un cita ineludible

En las calles vacías

Ha vuelto a llover

Una madeja oscura

Se torna azul

Nos hace enmudecer

¿Quién puede contar

Las lágrimas del cristal

Entre aplausos de placer?

El pecado capital

Nos purifica

Nos deja contemplar

Pensamientos puros

Nuestro autentico ser”

"La promesa está firmada

Cancelarla es mi voluntad

Enseñar debilidades

Es mostrar libertad

En el aroma de las flores

Hay una posibilidad

Devolverte la deuda

Volver a empezar"

¿No es un verso el verdadero autógrafo del amor?

“Desvalidos

Náufragos a la deriva

Sedientos entre tanta agua

Inmortales

Miserables de mirada esquiva

Dioses de alquitrán

Expectantes de hierba

Las fuerzas se agitan

Amores, ilusiones, que conspiran

Fuimos gloriosos

Resuenan los ecos

Poderosas historias del pasado

Las que nos fulminan ”

"Corazón con corazón

El incendio sigue arrasándolo todo

Poca luz a este lado de la noche

Estrellas quebradas, aisladas

La rutina nos hunde en el lodo

Se borran las huellas

La senda embarrada se acaba

Cualquier lugar se vuelve incomodo

Hora de guardar con cuidado

Las cartas quemadas"

"Memoria desgastada

Patrona de dolor

Partidos en cristales

El espejo del actor

Cortarse es abrazarse

Como reflejo del terror

De paraísos perdidos

La mirada del lector

Encuentra el poeta borrado

Embrujo, lujuria y clamor"-

"¿Dónde guardaste mis intenciones?
¿Dónde las celebraciones?
Véndeme piedad
Devuélveme ilusiones
Regálame tu caridad
Mariposas en balcones
Sus alas cantan al vibrar
Que con trastos rotos
Nos toca renovar
El confort silencioso
Vino y madera de húmedo desván".

"Arde entre gritos el abrigo
El poeta cambia de estación
No hay cruce de caminos
Ni hay amor sin redención
Rajados quedan los bolsillos
Pesado regalo en el cajón
Verdes se tornan los olivos
Rutina de bailes de salón
Se corean nombres
Danzas de medianoche
Que se clavan como afilado arpón"

"Mordiscos al pecado

Bocados de traición

A prohibidas horas

No es peor el barro

Que la hábil posición

Escondidas

Ocultas tras madejas

Las metáforas de la colisión

Surgen las manos inertes

Insensible deseo

Como muda maldición"

“Sombra

Inyección toxica

refugiada tras versos de libertad

el mar le atormenta

Y entre tormentas

Se vuelve de sal

No hay crimen

Con pruebas ocultan

En esta normalidad

La censura se asusta

De madejas que rompen

Un eco cultural”.

"Volveré

Mirarte es perder

Me quedo en blanco

Tengo el viento a favor

Y suplico por favor

El pecado capital que me pueda sostener

Rebaño mis vergüenzas

Me reconcilian

Llega mi parte peor

La que me intenta proteger

Entro en bucle

golpe seco

Entre silencios torpes

El poeta quiere enloquecer"

"Una vida nunca es suficiente
Hasta nueva orden
El presente es ficción
Arresto al alma
Con alas de mariposa
disfrazadas de halcón
Hay toque de queda
Derogada la ley de la razón
En la intimidad
Fracturado eslabón
Entre abrazos prohibidos
Quedan frías las lágrimas
Que llaman al corazón"

"Todo se vuelve insignificante

Traiciones y verdades

Al pasear la mentira

El poeta se vuelve decepcionante

Con recursos gastados

Las pasiones son heridas, sin planes

Los barcos de papel

Recorren como pólvora los mares

En el ojo del huracán

Las mareas se tornan valles

Truenos que intimidan

Presagio de males

En una mente envenenada

Se dificultan las señales"

"En un verso,

sabrás todo lo que he callado."

"Pierdo mi humanidad

Un poeta cambia de chaqueta

Me indigno

Y muerde el polvo la piedad

Tiro la piedra

Como el saludo

A una infancia de soledad

Escondo las huellas

Que muerden el polvo

Entre rimas, palos y astillas

En una danza de crueldad"

"Oportunidades regaladas
en promesas escritas
con sospechas de razón
entre gotas de tinta
sobran palabras
que rebusco en las rimas
de miedos del corazón
con madejas de mentira"

"Ofrendas de papel

Plegarias vacías y rotas

Carentes de fe

Sacrificio sin sentido

Si no puedo volver

Si no estas dispuesta

Quieres verme retroceder

Tengo que pedir perdón

Mis rivales me señalan

Me resisto a volverte a ver

No hay lugar

Entre mariposas de papel

Donde pueda esperarte

Donde me pueda esconder "

“Pasas la noche en blanco

Las paredes escuchan plegarias

Comienza la salida al interior

Entierro de tu estancia

Un desfile militar

A dos velas de distancia

Insuficiente es la constancia

La tormenta es una constante

En esta cercana distancia”

"Cubierta de nubes

No refleja la luna tus perdidas

Falta de caridad

Todo lo que reluce

No es vanidad

Se perderán en la arena

La mirada de la moral

Un susurro

Piel rasgada y seca

Como cuervos acechan

Los ojos del chacal"

"Brilla por su ausencia

El pecado mortal

Perdiendo el valor

Se rompen los labios

De besos viciados

Y se vuelven un don

Poeta viciado

De tinta gastada

Renglones y llantos

Suceden a la sanación "

"Creo la calma
Niegan los trapos sucios
Súbditos del protocolo
Es el precio
De los platos rotos
En una deuda de sangre
Cantan sin voz los devotos
Contrato del poeta
exento de firma
Perdido y solo
Las palabras necias
Llegan a oídos sordos"

"Carcajadas

Muecas sin razón

Una broma cruel de la vida

Grietas en la celebración

El director entra en pánico

Con este mediocre guion

Azúcar y sal

A partes iguales

Todo lo nuevo ardió

Tierra y agua

Embarran con lodo

Cenizas trazadas

De un plan que se quebró"

"Madeja por construir

Es una estrategia

Me dicen tus labios

Renacer sin fingir

Volvernos a ver

Musa de la traición

El olvido, curioso elixir

Cantos de sirena

Mancha del corazón

Heridas de un laberinto

Del que no se salir"

"Sangre sin sabor
Salpica el contrato
La mancha que debilitó el corazón
Esta bendición dada sin consultar
Amenazan al poeta que fracasó
Le estrechan entre los brazos
Enseñanzas y engaños
Lo intimidan sin razón"

"Un verso puede ser una coma, un signo de interrogación o un signo de exclamación."

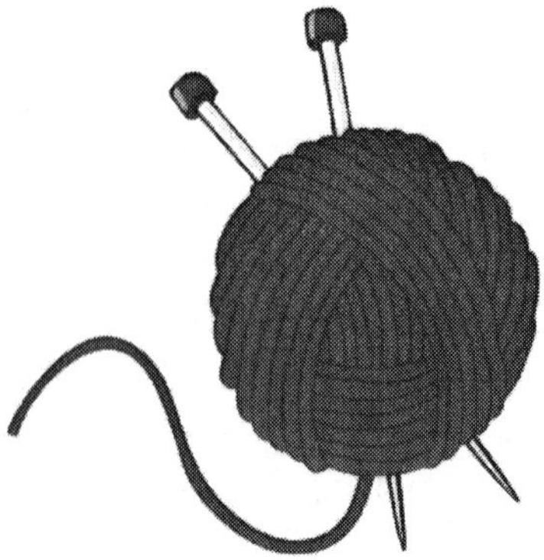

“Soy el resto del tatuaje

Descolorido de tu semblante

Absurdo presagio

De tinta gastada

Blanco y negro

La luz es en blanco y negro

Con la mirada perdida

De la generación sagrada

El brillo desconsolado

Son vergüenzas manchadas”

"Tan anclada en tus porqués

Seducen mentiras

Bocas llenas

Restos de ti

De lunas de hiel

Mejor comenzar

Raíces sujetas

Entre relatos

Indomable sentir

Control de la piel"

"Entre alas anda el juego
Fuego de sed
Escaso es el ego
Que mantiene unidos
Ese límite cruel
Que no te ofrezco
Miro atrás
Las miradas se clavan
Como opiniones gratuitas
En mis sangrientas espaldas
El peso sobre ellas
Se vuelve insoportable
Esperanza perdida
Entrañas que me rasgan"

“Noche infinita

Me ciega la luz

Los faros señalan

La dirección flotante

De tu desmedido arte

Los pasos rigen

Madeja constante

Bucle silencioso

Estrellas caídas a tu paso

Con luz constante

Vergonzante destello brillante”

"Los pensamientos
Corren más que la voz
Todo se vuelve confuso
Verdades en venta
Obsequio sin valor
Poetas rivales
Juegan su papel
Se confunden los villanos
Nada nuevo que ver
Envidias por las que matar
Parecen no hacer daño
Y amenazan con volver"

"Nada de lo que me das

Me puede sujetar

Nada reclamo

La sangre mancha el puñal

Los abrazos rotos

No se pueden rechazar

Eres miedo

Madeja de esperanza

Escrito esta el nuevo final"

“Seguridad quebrantada

Arresto mortal

La mano del amo

Da de comer a las mismas

Mariposas frágiles

De colores fríos

El precio de la mediocridad

Se vende cara

A ojos de la lealtad”

“Planeo el regreso
Todo parece calculado
Dos pasos más para entrar
Y tú me dices no
Embriagador aroma de la tormenta
Del que prefiero salir airoso
Espantosa imagen inacabada
Esclavo del rumor”

"Disperso entre las llamas

Miénteme

Dime que todo va a salir bien

Los hombres agradecen

Los actos que ven

Aun ciegos de colera

Sin autoestima ni valor

El justo precio

Se puede mantener

Ya no quedan poetas

La distracción está servida

Y los necios en movimiento

Se quieren someter"

"Es una constante

Madeja explicación

El sudor resbala

Como al principio

Al adoctrinase

Se aprende gota a gota

Y gota a gota olvida

Cíclica vacante"

NOTAS

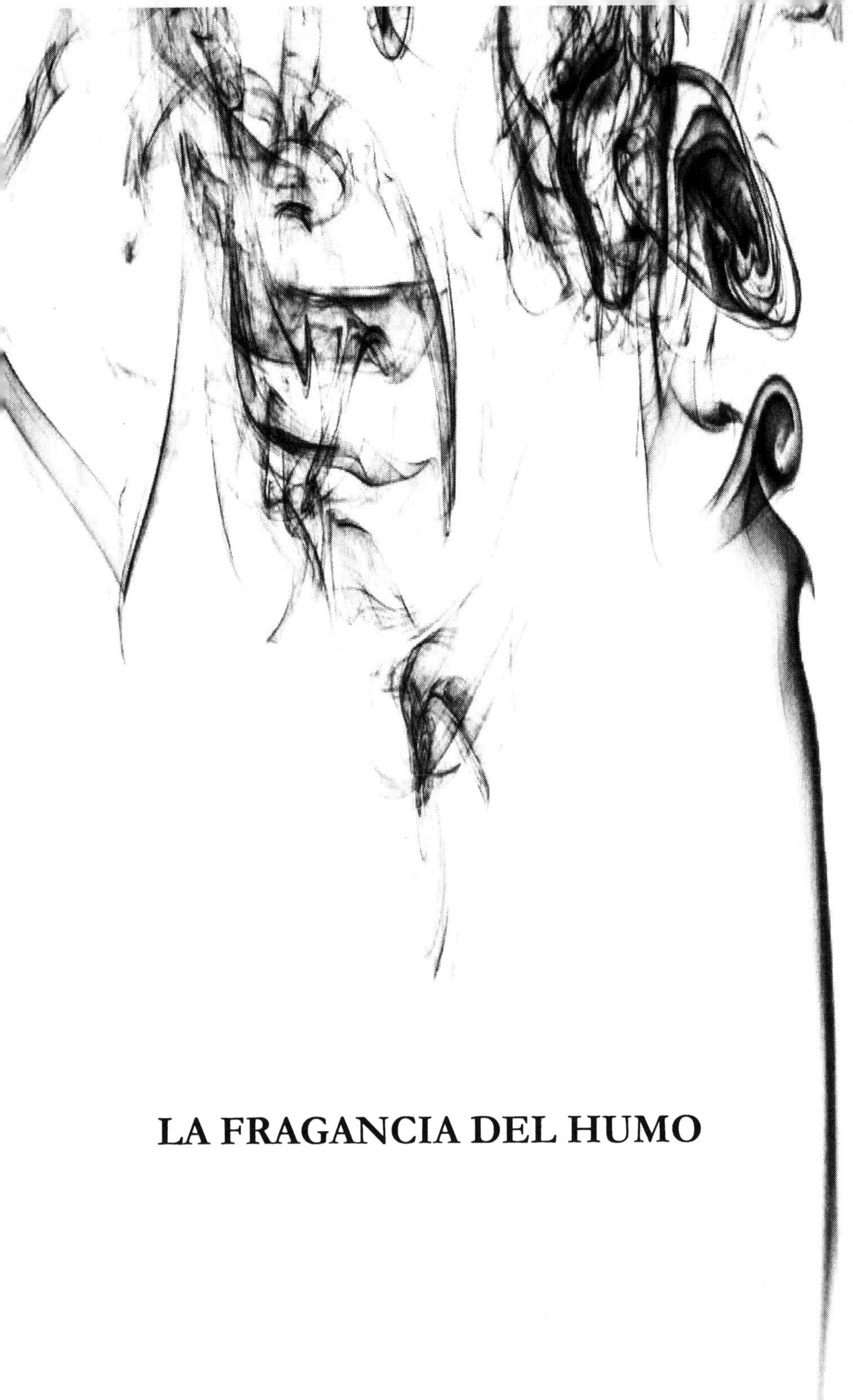

LA FRAGANCIA DEL HUMO

“Hoy duermo entre silencios

No hay latidos en mi nido

Ni abrazos

Ni gemidos

Hoy duermo entre cenizas

No hay besos ni risas

Sigo quieto

Hasta el resurgir

De tus caricias”

"Me enredo en la maleza

Ardo entre delirios

Mis venas arden

Tus ojos me atraviesan

Y me ciega el mar

Como corresponderte

Si no me quedan armas

Ni plata

Ni sal"

"Te pertenecen

Mis ganas te pertenecen

La locura siempre puntual

Me arrastra, me acaricia y me calma

Regreso con el mundo por ti

Como un bufón

Anudando nuestros extremos

En un lazo fe y corazón

Se anudan eternos"

"Nada surge sin ti

No hay rastro de vida a mi alrededor

Las manos se me duermen

De tanto pensarte

No hay alientos ni gemidos

Me acompaña tu distancia

Me consumen tus aullidos"

“Levanto la vista

vuelvo a sentir tu aliento

cómo se pierde cerca de mi piel

intento agarrar los días

procuro crear y conservar

recuerdos rápidos e intensos

para luchar contra el tiempo

cierro fuerte los ojos

se rompe la distancia

me vuelvo a sentir preso”

"Mis ojos cansados

no logran callarse

cada trozo de la tormenta

que salvé

me posee

¿me intuyes?

son trozos indispensables

para seguir

para respirar

para sentir"

PESO MUERTO

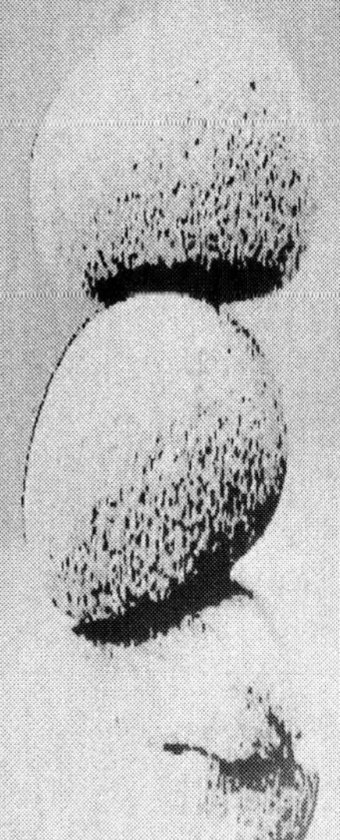

"Me hundo, caigo a plomo

Soy ese peso muerto

Que por más que lo intento

Es más pesado que tu voluntad

Huyo de tu piedad

Corro enloquecido

Y en la distancia se desgarran mis ojos

Al ver la belleza en tu libertad."

“Soy demasiado torpe

Tropiezo y caigo

Te arrastro al mar

Mantengo las armas preparadas

Y no hay disculpa que valga

Escucho en mi oído

Tu constancia

Tú me salvas

Como siempre

Me salvas”

“Somos frágiles

Los huesos vibran

Se quiebra la voluntad

El pensamiento se arrastra

Y entre tantos laberintos

Damos la bienvenida a la fabulación

Danza de araña

Entre tanta confusión”

"Enmudecen las gargantas

Dispuestas a gritar

Nuestras plegarias insuficientes

Parecen no complacer

Hay ruido, llantos, quejidos

Nada queda en la calle

Salvo las palabras de olvido"

"Todas tus risas

Las guardo en mi libreta

Las repaso, las leo

Me susurran al oído cuando te vas

Tus caricias las guardo

En el bolsillo de mi chaqueta

Siento su calor

Me calman

Me consuelan si no estas

Pero son tus besos en mis labios

Tan difíciles de atrapar

Fugaces y letales

Los que jamás puedo conservar"

"Dispongo mis lujos

Desgrano mi ser

Deslumbro mis ropas

Discuto mi fe

Distraigo penas

Disfrazo mi piel

Desnudo el alma

Disimulo la estupidez

Y me rompo

Disfruto tu piel

Y me rompo"

"Por un verso, yo no sé

Qué te diera por un verso."

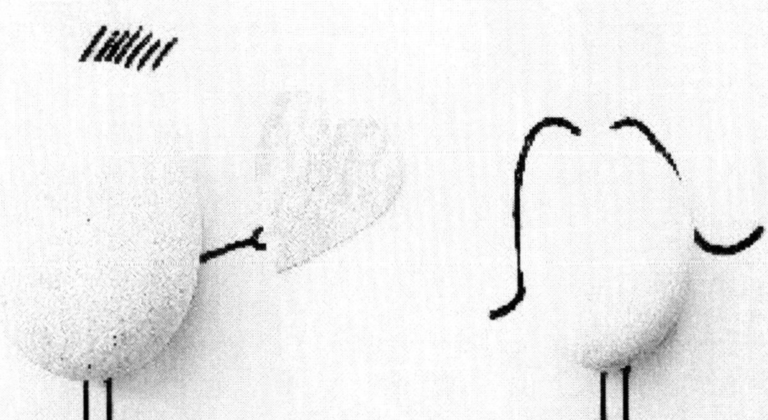

"Tan delicadas y malditas

Tan acotadas las palabras escritas

El ritmo baja ante tu presencia

Las venas arden

Las paredes se rajan

Mis ojos se abren

Tus alma estricta me atemoriza

Y no quedan pasión fingida"

"Nos señalan

Bailamos juntos

Y nos señalan

Nos golpean

Nos queman

Tus brazos abiertos

Me devoran

Con tu delicada sonrisa

Respiro la calma"

"La vista en alto

Y pocas expectativas

Mientras puñales acechan

Me abruma tu calma

Tu paciencia

Tus manías

Me quedo mudo

Y mis manos acarician

Un atisbo de alegría"

"Escenas perdidas

Se deshace el camino

Sin rastro ni huellas

Nos adentrarnos

En calles sin salida

Elección para adornar las cicatrices

Sin rastro ni huellas

Nos adentrarnos

En calles sin salida"

“Destruyo todos mis logros

Son cenizas de deseo

Las explicaciones vacías

Te consuelan en las contradicciones

Mis decisiones se tornan humo

Cuando te guardo en mis manos

Junto con las heridas mortales

Que me sanan

Mc dcstruycn

Y me salvan”

"La sangre se mancha de ceniza

Es difícil mantener el vuelo

Pienso en tus ojos verdes

En el azul del cielo"

LO

QUE

EL

VIENTO

NO

BORRA

"En la intimidad

La maldición está oculta

Mal lugar donde prohibir

Hacer oídos sordos a la traición

Se vuelve un peligro

Que tambalea la razón

Mudo ciego y sordo

El equilibrio se pierde

Como el fuego en corazón"

"Los verdes se vuelven ocres

Desnudas las ramas

Al amparo del frío

Amarillos y rojizos

Siembran las calles

Ráfagas de viento

Arrastran mis entrañas

Me turban, me ciegan

La estación llega

Abrazada la migraña"

"Todo está desordenado

Enredados resultados

Son telas de agua

Las intenciones de la araña

Se empapan de la nada

Aire

líneas de rareza

Las huellas

Mentira narrada"

“Repito las palabras

Inspiradas en el ocaso

Que escuché entre sueños

Soy quien ves tras la mascara

Villano condenado

Penitencia justa

Abandono los verbos

De los que todos hablan”

"Palabras descontroladas

La inocencia perdida

El resultado es mediocre

Mirada desencajada

Y mandíbula perdida

Estas fuera de control

Ataque de ansiedad

Gestionas la perdida

Como despojo de humanidad"

SUEÑOS DE SALÓN

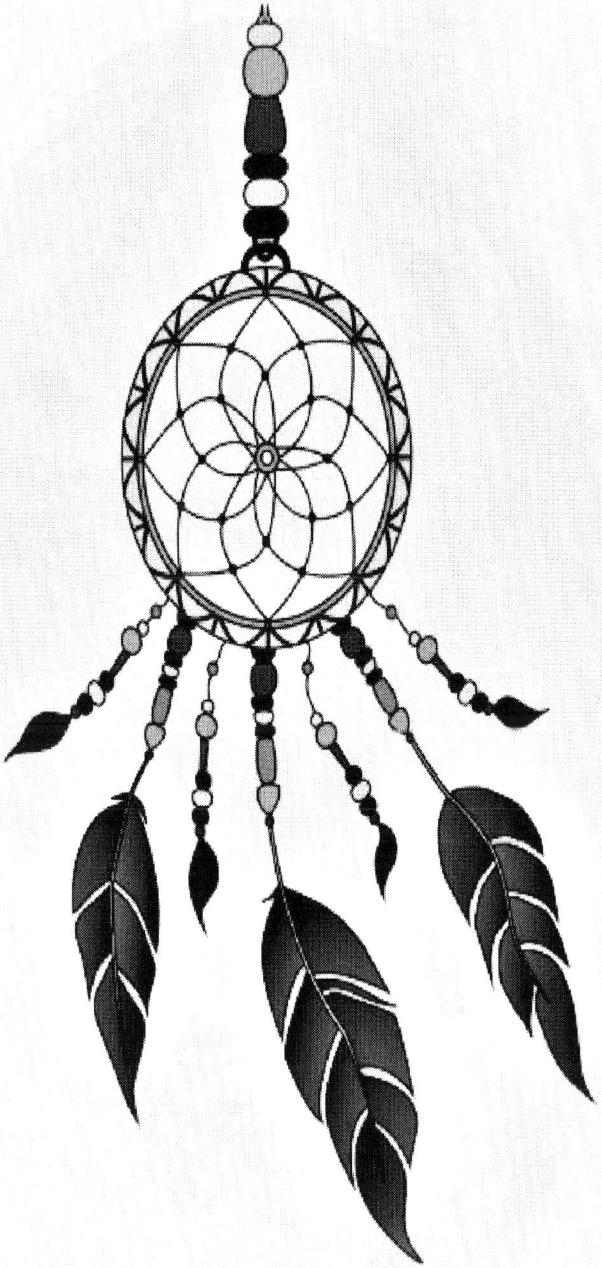

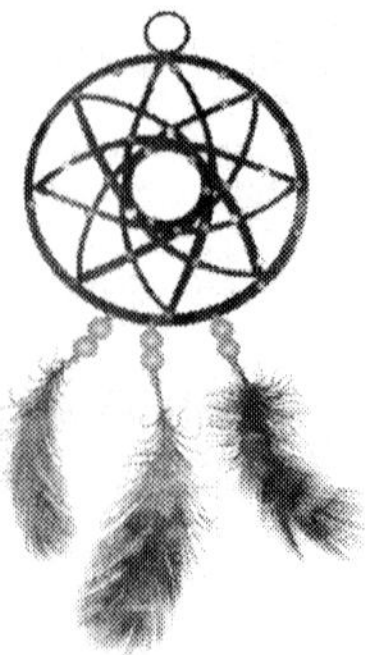

"Bailes de salón

Sueños que impiden avanzar

Por renunciar a la comodidad

La inocencia perdida

Tiene alto precio por pagar

Los sueños, sueños son,

Pierden valor

Las promesas que creas

Son huellas que borrar"

"Te acompaña el sueño

Déjame seguir engañado

No hay a quien creer

En la casa del diablo

Todos han vuelto

No puedo evitarlo

La locura no es bien recibida

Sin medicamentos para soportarlo

“Me vuelvo osado

Con el tiempo recuerdo

Como las mentiras

Pasean de tu mano

La mente es un juguete

De dolor rajado

Maldito y quebrado

Abandonado al azar

de convicciones aislado

Entre duelos y quebrantos”

“Es elegante

El traje de la mentira

Queda como un guante

En las ocasiones que todos

Las necesitan escuchar

Consecuencias bien avenidas

Cuando hipócrita

es un trabalenguas

juego de palabras sin forma

Para el que no hay salida”

“Sueños reprimidos

Danzas en soledad

Alas quebradas

Aires de piedad

Volamos entre llamas

Apostando a todo o nada

Se pierde la dignidad

En una jugada maestra

De almas quemadas”

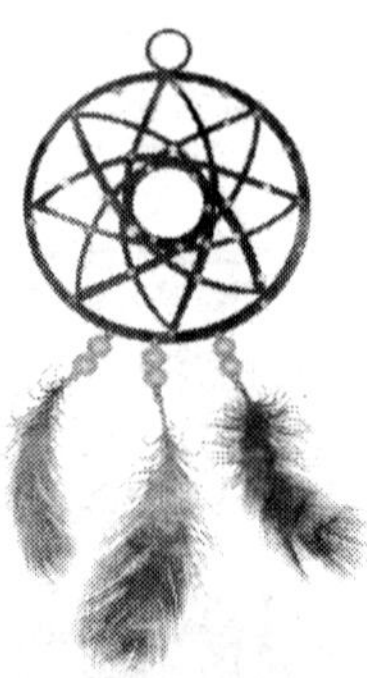

LA DANZA DE LA SANGRE

César del Rosal Rubio

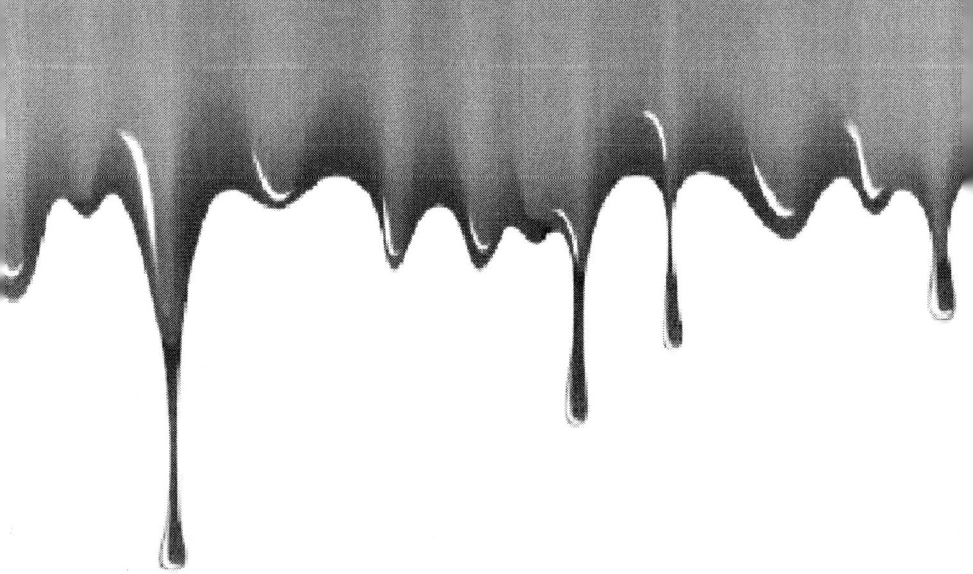

“La danza de la sangre

con arte rinde homenaje

a las pasiones extintas

con movimientos suaves

te abraza, te acaricia

el olor sigue en el aire

consigue atrapar a su pareja

movimiento de ágil semblante

con arte rinde homenaje”

“El rojo es arte

Dulce elixir de

Que todo lo invade

El color de tus labios

Se vuelve cereza

No quedan frases

Ni sorpresas

Solo espinas y rosas

Que al corazón apresa”

“Seda fina

Acaricia tu piel

Es terciopelo

Dormido entre tu pelo

El calor de la lana

Descansando a tus pies

Algodón, lino, nylon

Se enredan en la cama

Son esos labios que sentencian

Los que me abrazan después”

"Aterrados por danzas macabras
Se prepara la tierra
Desnuda y mojada
Se entrelazan palabras
El baile se queda sordo
Mudo ante la belleza
Que derraman las plegarias"

"El afilado cuchillo
Escribe versos en la piel
Resultado de talento
Tiempo y arte
Rival de pensamientos
Hiriente rescate
Es de terciopelo
La danza de la sangre"

LA MELODÍA DE BITÁCORA

N
NW
NE
W
E
SW
SE
S

"La melodía

Aunque quebrada

Golpea con fuerza

Irreal pensamiento

Que pasea

Sin decepción

Por las esquinas de corazón"

“El norte

Marcando el camino

Con inesperada libertad

Intermitente felicidad

Un artificial margen

De quedarse fuera”

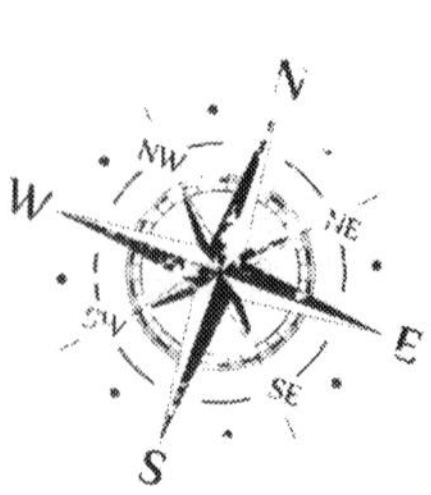

"El diario de bitácora

Se quedó sin anotar

Borramos los sacrificios

Que asumen los necios

Rechazar las ofensas

Comprar ofrendas

Rezar

Suplicar la compra de tu lealtad"

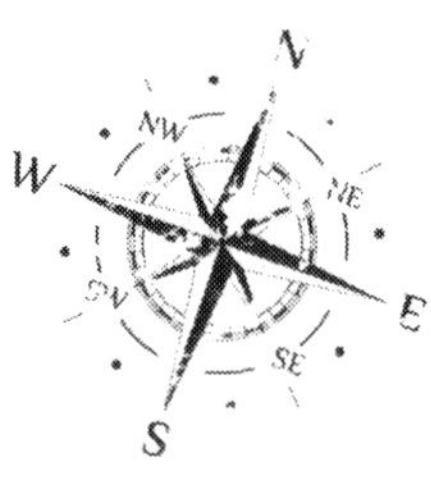

"Inesperado final

Para tan predecible comienzo

Viaje a los infiernos

Donde espero

Con los brazos abiertos"

“El viaje interior

Es el punto clave

Un diario de bitácora

De lomo suave

Encierra pensamientos

De intermitente margen

Lo asumen los necios

Esconden las llaves

Melodías y ofrendas

Regalo de libertades”.

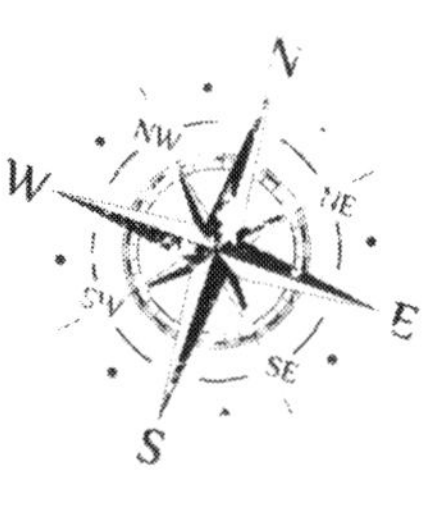

N
NW
W
NE
E
SW
SE
S

"En este libro recopilo

Versos elaboradas en mis últimos libros

Mas unos cuantos nuevos

Trocitos de papel encontrados

Entre las cenizas de mis vicios."

17/07/2020

EN MANOS DEL POETA

" Veo en la oscuridad
Ya no tropiezo,
Así de sencillo."

*"Si tus ojillos fueran
aceitunitas verdes,
toa la noche estaría
muele que muele, muele que muele".*

*Camarón de la isla.

Contacto: cesarrosalrubio@mail.com